MARAVILLAS ASOMBROSAS

LAS PIRÁMIDES DE EGIPTO

POR HEIDI NEWBAUER

CREATIVE EDUCATION • CREATIVE PAPERBACKS

Publicado por Creative Education y Creative Paperbacks
P.O. Box 227, Mankato, Minnesota 56002
Creative Education y Creative Paperbacks
son marcas editoriales de Creative Company
www.thecreativecompany.us

Diseño de The Design Lab
Dirección de arte de Graham Morgan
Editado de Jill Kalz
Traducción de TRAVOD, www.travod.com

Fotografías de Getty (KHALED DESOUKI/AFP, Universal History Archive), Pexels (Mostafa El Shershaby, Oziel Gómez), Unsplash (Alex Azabache, Andreea Munteanu, Andrés Dallimonti, AXP Photography, Hossam M. Omar, Robert Thiemann, Steffen Gundermann, Sumit Mangela)

Library of Congress Cataloging-in-Publication Data
Names: Newbauer, Heidi, author.
Title: Las pirámides de Egipto / Heidi Newbauer.
Other titles: Amazing wonders (Creative Education, Inc. (Mankato, Minn.)). Spanish.
Description: Mankato, Minnesota : Creative Education and Creative Paperbacks, 2025. | Series: Maravillas asombrosas | Includes index. | Audience: Ages 6–9 | Audience: Grades 2–3 | Summary: "Translated into North American Spanish, an elementary-level introduction to the ancient Egyptian pyramids, covering how, when, and why the famous wonders were built. Includes captions, on-page definitions, and an index" —Provided by publisher.
Identifiers: LCCN 2023045346 (print) | LCCN 2023045347 (ebook) | ISBN 9798889891086 (library binding) | ISBN 9781682775318 (paperback) | ISBN 9798889891383 (ebook)
Subjects: LCSH: Pyramids—Egypt—Juvenile literature.
Classification: LCC DT63 .N4918 2025 (print) | LCC DT63 (ebook) | DDC 932/.012–dc23/eng/20231208
LC record available at https://lccn.loc.gov/2023045346
LC ebook record available at https://lccn.loc.gov/2023045347

Impreso en China

Índice

La más grande de las tres Pirámides de Guiza se construyó para el rey Keops (c. 2575–c. 2465 a. C.).

Las pirámides de Egipto son grandes estructuras antiguas, hechas de ladrillo y piedra. Se construyeron para albergar los cuerpos de los faraones. Hay más de 100 pirámides egipcias. Las tres más grandes se conocen como las Pirámides de Guiza.

faraones antiguos reyes de Egipto

Egipto es un país en el norte de África. La mayoría del pais es desierto. El río Nilo es su principal fuente de agua. Muchas de las pirámides más famosas están cerca del Nilo y de la ciudad de El Cairo.

El Nilo es el río más largo del mundo, con 4160 millas (6695 kilómetros).

La primera pirámide egipcia se construyó alrededor de 2630 a. C. Fue el sitio de descanso final del rey Zoser. La mayoría de las pirámides egipcias fueron construidas entre 2613 y 2494 a. C.

La Gran Pirámide de Guiza fue construida hace más de 4500 años.

Construir una pirámide era un trabajo muy difícil. La gente hacía los ladrillos a mano. Recogieron y cortaban rocas pesadas llamadas piedras calizas. Algunas de las piedras eran traídas desde muy lejos a través de antiguas vías fluviales.

Los constructores no dejaron planos que muestren cómo hicieron esas formas tan perfectas.

Se calcula que la Gran Pirámide de Guiza fue construida con 2.3 millones de bloques de piedra.

Las piedras de las pirámides fueron arrastradas por una rampa con **poleas**. Cada nueva capa de la pirámide se hacía más pequeña que la anterior. La piedra de la cima formaba una punta. Se llamaba piedra angular.

poleas máquinas simples usadas para mover o elevar objetos pesados

Cerca de la Gran Pirámide de Guiza hay una estatua mitad humano, mitad león llamada la Gran Esfinge.

Miles de personas construyeron las pirámides. Personas **esclavizadas** hicieron la mayor parte del trabajo pesado. La Gran Pirámide de Guiza tardó alrededor de 20 años en construirse. A ese paso, los trabajadores habrían llevado, cortado y colocado 34 piedras grandes cada día.

esclavizado obligado a trabajar sin paga ni libertad

Una vez preservados, los cuerpos eran envueltos con vendajes de tela.

Los cuerpos en el interior de las pirámides estaban **momificados**. La gente ponía riquezas, como oro y joyas, junto con los cuerpos. Estos objetos tenían la intención de proteger el espíritu de la persona fallecida. También tenían la intención de proteger a la familia de esa persona.

momificado preservado para su entierro en la época de los egipcios

Los arqueólogos cavan y quitan la tierra para descubrir objetos enterrados.

Máscara de una momia egipcia

Las pirámides

de Egipto guardan muchos misterios. Los **arqueólogos** usan computadoras y otras herramientas para aprender más sobre ellas. Estudian el proceso de construcción. Estudian cómo se almacenaban y se mantenían objetos a salvo dentro de las estructuras.

arqueólogos personas que estudian la historia a través de los objetos que dejó la gente

Las pirámides de Egipto se han conservado durante miles de años. Son maravillas hermosas de ver. Pero también nos enseñan una lección importante: incluso cuando una tarea difícil toma tiempo, ¡Sí, se la puede hacer!

Cada año, más de 14 millones de personas visitan las pirámides.

Maravilla destacada: sarcófago

Un sarcófago es un tipo de ataúd que se coloca sobre el suelo. En su interior descansa el cuerpo momificado de un faraón. Cada pirámide contiene al menos un sarcófago, cada uno en su propia lugar. Aunque muchos de estos ataúdes estaban hechos de oro, algunos estaban hechos de piedra y madera. Cada sarcófago es diferente. No hay dos iguales.

Índice alfabético